AF357802

NOSTRADAMUS DÉMASQUÉ

Prédiction de l'Avènement

DE

GAMBETTA

PAR

Just THÉODAR, rédacteur du *Messager de Mirande*.

Nostra damus cum falsa damus.
JODELLE.

MIRANDE,

Typ. Farré le Garé, imprimeur des Administrations.
à Trianon-Reignaut.

Nostradamus démasqué.

PRÉDICTION DE L'AVÈNEMENT

DE

GAMBETTA.

Dernièrement, nous nous contentions de donner à Nostradamus le nom d'*amuseur public*. Cette qualification nous paraît aujourd'hui trop bénigne, et nous demandons à nos lecteurs de vouloir bien lui substituer celle de *charlatan*. — Esprit nébuleux, Michel Nostredame ne manifesta jamais une aptitude frappante pour les connaissances médicales. Le scalpel manié avec amour de l'art et intelligence est bien susceptible de ménager aux disciples d'Hippocrate des découvertes précieuses et dignes d'être consignées dans le catalogue des progrès humanitaires et sociaux. Mais cet appareil de dissection n'eut jamais qu'un médiocre intérêt pour le sorcier provençal. Aussi le rayon de sa clientèle ne s'étendit pas fort loin, et sès ressources pécuniaires n'atteignirent jamais un chiffre fabuleux.

Mais rassurons-nous, l'enfant de Saint-Rémi, haï de ses confrères, redouté de ses malades, va dire adieu au monde et, sous l'influence d'une passion misanthropique, il s'enfermera bientôt dans un cabinet d'alchimiste. Là, au milieu de momies, de cornues et de globes, il va scruter les secrets du ciel et de la terre, il va plonger son regard dans l'avenir et, secondé par une facilité de versification peu commune, s'assurer des revenus fort peu honnêtes en alignant des sentences cabalistiques, excellent appât pour les ignorants et les petits esprits; l'inspiration prophétique se fait jour bientôt dans cette âme aveuglée, et la terre peut désormais se glorifier de voir refleurir les âges heureux des Isaïe, des Jérémie, etc.

Les premières *centuries* du devin du XVIe siècle furent accueillies avec enthousiasme ; — la trompette de la Renommée annonça aux Parisiens la naissance d'un descendant de *Balaam*, et les imprimeurs saluèrent l'avènement d'un auteur fécond

> . . . . dont la fertile plume
> Peut, tous les mois, sans peine, enfanter un volume.

L'histoire ne dit pas si l'apparition de Nostradamus fut signalée au monde par une queue de comète, mais elle nous raconte que cet illuminé se fit sans effort une juste réputation de folie. Né de parents juifs, il prétendait être de la famille d'Issachar, parce qu'il est dit dans les Paralipomènes : « *De filiis quoque Issachar viri eruditi, qui noverunt omnia tempora.* »

L'esprit des rois n'est pas plus à l'abri du préjugé et de la superstition que l'esprit du peuple. A ce propos, je pourrais citer Louis XI, qui se plaisait à converser avec un sorcier en renom, et Napoléon Ier, dont les entrevues avec Mlle Le Normand sont connues de tout le monde. Henri II donc, instruit de l'apparition d'un prophète dans son royaume, se hâte d'appeler auprès de lui ce personnage mystérieux. Il fera les délices de Catherine de Médecis.

N'oublions pas de dire néanmoins que cette princesse venait de perdre son *bouffon*, personnage nécessaire autrefois dans le palais de nos rois! Catherine, retenue dans son lit depuis quelques semaines, trouva tant de charmes à entendre les aberrations mentales de son nouvel hôte, qu'elle guérit radicalement. La *cabale* fera grand bruit à propos de cette cure miraculeuse; tout l'honneur en revient à Michel Nostredame. Rentré dans ses terres de Provence, il écrit l'incroyable *dédicace à Henri II*. Elle précède la huitième centurie.

Dans ces quelques pages, comme dans tout le Livre des Prophéties, on voit poindre la subtilité d'esprit du devin et la facilité avec laquelle il sait éluder toutes les objections. Naturellement, dans la persuasion où il était de ne conter que des fariboles, il s'attendait à voir tomber ses bouts rimés sous la critique judicieuse de ses lecteurs. Aussi, il prend un soin tout particulier à développer les raisons qui l'ont déterminé à marquer ses vers d'un cachet d'incohérence d'ailleurs facile à deviner. Dans tous les cas, l'aveu est bon à recueillir, et nous le soumettons à l'appréciation des hommes réfléchis. Après maints compliments adressés au *sérénissime Henri, roi de France second*, il ajoute avec une candeur hypocrite : *J'eusse calculé plus profondément et adapté les uns* (les vers) *avec les autres. Mais voyant que quelques-uns de la censure trouveront difficulté, qui sera cause de retirer ma plume à mon repos nocturne*, etc »

Bast! c'est assez, ô prophète de Salons; nous admettons sans réserve les mesures de prudence qui vous portent à faire de votre prétendu livre une œuvre d'obscurantisme!... Nostradamus, incapable de soutenir une polémique sérieuse, veut muscler la critique de ses contemporains et, dans sa feinte modestie, prend à l'avance le sage parti de *laisser sa plume* à son repos nocturne. Est-ce que, par hasard, Michel Nostradamus, cet autre Jourdan d'un genre différent, n'aurait pas mieux aimé écrire, sans s'en douter, dans les règles des Muses?

Dans tous les cas, nous saisissous le motif de ses réserves et nous lui savons gré de nous avoir initiés lui-même à ses mystérieux procédés. Seulement, nous avons le regret de remarquer que ses quatrains ne sont pas d'une clarté aussi frappante que sa déclaration prosaïque. Lisez et jugez ! Chaque vers de ces méchantes Centuries renferme trois ou quatre sens, et on ne saurait mieux les comparer qu'à cette chaussure de Théramène, qui s'adaptait à tous les pieds. Est-il nécessaire d'avoir fait de longues études astrologiques et d'avoir perdu vingt ans à étudier la géographie pour écrire des inepties semblables à celles du quatrain suivant (p. 199 de l'édition d'Avignon) ?

> Quand le fourcheu sera soustenu de deux paux,
> Avec si demy cors, et six siseaux ouverts,
> Le très-puissant Seigneur, héritier des crapaux,
> Alors subjuguera sous soy tout l'univers.

C'est à se demander si on rêve quand on lit de telles banalités! Et pourtant, voilà de prétendues prédictions qui, au XVIe siècle, ont trouvé de l'écho dans des cercles nombreux. Cela ne nous étonne nullement, car de notre temps nous avons vu l'empirique Mesmer capter les faveurs d'un public affolé, et Cagliostro se ménager l'entrée des maisons les mieux famées.

Le solitaire de Salons apprend un jour à ses voisins que son tombeau *changera de place après sa mort*. Les paysans provençaux tirent encore de nos jours de ces mots prophétiques un puissant argument en faveur de la mission du devin, car son corps ayant été déposé dans une église des Cordeliers, ce sanctuaire disparut quelques années plus tard, et Nostradamus, enseveli dans l'enceinte d'une chapelle, vit tout-à-coup ses ossements blanchir dans un champ. Miracle! cria le peuple du temps... Miracle! répètent les simples de notre siècle.

Un prophète, d'après toutes les données de la science profane et sacrée, est, si je ne me trompe, un homme inspiré de Dieu annonçant un événement futur dont la connaissance ne dépend d'aucune cause naturelle.

Or, Nostradamus se présente-t-il sous ces auspices au jugement d'un homme sérieux? Nullement, car lui-même, dans le premier quatrain de la *première centurie*, déclare *avoir* écrit ses mille couplets rimés sans goût, dans les mêmes conditions que la Sybille de Cumes, dont les incohérences étaient loin d'égaler le désordre des pages obscures d'un sorcier sans esprit.

Entendez-le vous dire sans honte avec ce faux air de trompeur impudent :

> Estant assis de nuict secret estude,
> Seul reposé sur la *selle d'œrain*,
> Flambe exigue sortant de sollitude,
> Fait prospérer qui n'est à croire vain.

> La verge en main mise au milieu de branches,
> De l'onde il mouille et le limbe et le pied :
> Un peur et voix frémissent par les manches.
> Splendeur divine. Le divin près s'assied.

Comme la Pythonisse de Delphes, le médecin de Salons a besoin, pour lire dans les arcanes célestes d'un trépied d'airain sous les pieds, tandis que sa main est armée d'une verge fouillant dans les branches d'un arbre voisin les secrets de la nature. Je ne sache pas que Dieu ait jamais prescrit aux mortels gratifiés de ses inspirations tous ces rites cabalistiques dont l'emploi, depuis le fourbe Apollonius de Thiane jusqu'à l'énergumène nommé Nostradamus, fut simplement un habile moyen de parler à la pensée inculte des masses ignorantes.

D'ailleurs nous savons à n'en pas douter, par les aveux du personnage lui-même que nous étudions, qu'il n'y eut jamais commerce surnaturel entre lui et Dieu. — Il affirme dans sa célèbre dédicace à Henri II « qu'*il a supputé et calculé les présentes* » *prophéties, le tout par doctrine astronomique,* » *et selon son naturel instinct.* »

Nous voici donc bel et bien en présence d'un astrologue judiciaire et non d'un homme de Dieu annonçant des événements futurs dont la connaissance ne dépend en aucune façon des causes naturelles.

A quoi se réduit donc la science occulte de nos astrologues judiciaires ? Le voici en deux mots : *Risum teneatis, amici.....*

Il y a dans le ciel sept planètes, et dans une partie du ciel appelée zodiaque, qui est une

.espèce de ceinture céleste, ou si l'on veut une manière de baudrier, selon sa situation par rapport aux deux pôles du monde, douze signes. Ces planètes et ces signes sont là placés pour nous, disent les astrologues. Ils y ont des occupations importantes à notre égard; ils sont continuellement attentifs à nous envoyer des influences pour nous tourmenter ou nous faire plaisir. Nous n'avons aucun membre que ces corps célestes ne gouvernent comme il leur plaît. Nous avons, paraît-il, à chaque partie du corps des fils attachés que ces astres tirent ou lâchent à leur fantaisie, selon le mouvement ou le repos qu'ils veulent nous donner. Le Soleil gouverne la tête, la Lune le bras droit, Vénus le bras gauche, Jupiter l'estomac, Mars le cœur, Mercure le pied droit, Saturne le pied gauche. Ou Mars gouverne la tête, Vénus le bras droit, Jupiter le bras gauche, le Soleil l'estomac, la Lune le cœur, Mercure le pied droit, et Saturne le pied gauche.

Telle est l'étrange science à laquelle le devin provençal ne rougira pas de demander les secrets de l'avenir. Partageant les idées de Plotin sur l'influence des astres dans les événements humains, il soumettra tous les faits contingents aux révolutions sidérales qui s'accomplissent au-dessus de notre sphère terrestre, et portera des jugements impertinents sur les choses et les hommes du présent et des siècles futurs.

Pour ce qui me concerne, je suis convaincu que Nostradamus n'est pas né sous l'action de l'astre d'Apollon. Non! Mais cet enfant du miracle a vu le jour au moment de la conjonction de la Lune avec

Mercure. Ce dernier, personne ne l'ignore, avait mission de préserver les voleurs de tout fâcheux accident. Cela nous explique sans doute pourquoi le sorcier dont nous esquissons le portrait ne partagea pas le supplice de Jean Hüss et put imposer avec tant de facilité ses feuillets prophétiques aux badauds de son temps.

D'après les astrologues judiciaires, dont Nostradamus fut la plus vivante incarnation, le ciel sidéral est un livre sublime où sont écrits en caractères éternels les faits et gestes des générations humaines se succédant sur notre planète. Il est vrai que ces exploiteurs de la crédulité publique n'ont jamais pu déterminer la nature de ces signes bizarres qui composent l'abécédaire céleste. Mais le fait de son existence une fois gratuitement établi, il dépend d'un illuminé d'y puiser des notions surnaturelles et d'en imposer au peuple des ignorants par des théories astronomiques incapables de souffrir une minute de sérieux examens.

Et, en effet, un horoscope dit que parce qu'un enfant est né dans le temps où un astre était dans une certaine situation, cet enfant fera telles ou telles actions, et c'est tout ce qu'on pourrait dire si cet astre seul contribuait à tout ce que fera l'enfant. Mais les coutumes, la nourriture, les commandements, l'exemple, la honte, la crainte, l'amour, l'éducation, la liberté de l'esprit sont donc comptés pour rien? Tout cela n'est-il pas capable de produire plus d'effet que je ne sais quelles influences qui tombent, dit-on, sur son corps et qui ont tant de chemin à faire avant que d'y tomber? Quelle apparence y a-t-il d'attribuer seulement au ciel les événements de la vie des hommes, s'il n'est pas seul la cause de leur être? Et puis, pour nous convaincre, il faudrait que les *Nostradamites* nous montrassent comment ils possèdent un art qui leur fait comprendre les choses singulières, quoique infinies, et les contingentes, quoique incer-taines.

Avouons-le, ce système n'offre pas la plus légère consistance, et si le sujet en valait la peine, nous l'envisagerions au point de vue philosophique. — Mais pourquoi perdre un temps précieux à étudier sérieusement une question, lorsqu'en l'effleurant seulement on la réduit à l'état d'où elle n'eût jamais dû sortir, je veux dire à néant?

Les astrologues nous diront-ils : nos prédictions, nos connaissances sont basées sur l'expérience? Mais c'est là une absurdité sans nom! — Astronomiquement parlant, cette expérience est impossible, car, toute considération même de Copernic mise à part, chacun le sait, depuis le commencement du monde, les étoiles et les planètes n'ont pu se trouver deux fois dans la même position : la révolution du système solaire et planétaire ne s'accomplit que tous les vingt-six mille ans. — Donc, l'argument tiré de l'expérience en faveur des astrologues judiciaires en général et du devin de Salons en particulier est un leurre, rien de plus, rien de moins!...

Ces théories ineptes sont d'ailleurs la négation formelle du libre-arbitre, puisque d'après les principes astrologiques les hommes sont attachés comme des marionnettes aux constellations ou aux étoiles dont ils reçoivent nécessairement la direction dans

tous les actes de la vie. Cette doctrine étant donc
l'annihilation formelle et absolue des simples élé-
ments du bon sens, nous n'en poussons pas l'exa-
men plus loin, afin de nous ménager le temps de
considérer un instant l'usage que le prophète de
St-Remi va faire de cette science occulte. Moins
bien doué que *Pythagore,* dont l'imagination en
délire découvrit tout un orchestre céleste dans les
astres, Nostradamus se borne à lire prosaïquement
les événements humains dans les étoiles après s'être
fait un nom populaire par la publication périodique
d'almanachs propres à servir de ballon d'essai à
ses projets ultérieurs.

Nos lecteurs ne nous suivront pas sans intérêt
dans la petite promenade récréative que nous allons
entreprendre à travers les centuries du sorcier provençal.

Je prends au hasard quelques quatrains :

Le gros airain qui les heures ordonne
Sur le trépas du tyran cassera.
Fleurs, plainte et cris, eau, glace, pain ne donne.
V. S. C. Paix, l'armée passera.

Ne me demandez pas dans quel mètre les centuries sont écrites ; Nostradamus serait fort embar-
rassé pour nous le dire lui-même ; mais comme
d'après Horace tout est permis aux poètes, il ne
prend pas la peine d'assujettir sa muse aux règles
austères d'Apollon. Ceci après tout est un dé-
tail ; occupons-nous sérieusement du commentaire
des bouts-rimés ci-dessus indiqués. Qui de vous
consentirait à voir ici la prédiction de la St-
Barthélemy ? Personne assurément. Et néanmoins

Guinaud, gouverneur des pages de la chambre du roi et après lui tout les *Nostradamites,* voient dans ce langage toute l'histoire des horreurs commises sous Richelieu. L'explication de ce plaisant de mauvais goût est assurément plus remarquable par son audace impertinente que les vers du devin.

Auriez-vous assez de mauvaise volonté pour ne pas voir que le *gros airain* dont il est fait mention n'est autre chose que l'horloge du palais, dont le cadran marque les heures aux passants. — L'*airain cassera.* Cela ne veut pas dire : le timbre de l'horloge s'est brisé, mais cela signifie : à la suite d'une révolution ou d'une émeute dans la rue il aurait pu être brisé. — De prime-abord on serait tenté de croire que l'horloge royale devait suspendre sa marche à la suite d'un grand *coup frappé*, mais cela signifie simplement la mort de l'amiral Coligny, le champion des catholiques, tombé sous le poignard des huguenots.— *Pleurs, plaintes* et *cris*, voilà bien la manifestation douloureuse des parents des victimes de la St-Barthélemy. — *Eau* exprime la Seine rougie par le sang versé alors en abondance. — Le mot *glace* annonce la terreur glaciale dont les cœurs furent saisis — Dans *pain ne donne*, nous trouvons sans peine la peinture de la famine qui réduisit quelques années plus tard des mères à manger leurs enfants.

Mais qu'annoncent les trois caractères cabalistiques composant le premier hémistiche du quatrième vers, V. S. C? Vous croyez qu'il y a ici une grande difficulté d'interprétation! Bagatelle! Avec un peu de patience on ne trouvera pas moins lucide la signification de ces trois lettres que des premiers vers. Il suffit d'une simple transposition des deux dernières : nous avons alors S. C. V. Cette opération faite avec impudence, l'écuyer Guinaud lit couramment dans cette apparente énigme, et vous auriez l'esprit bien obtus si vous n'y lisiez pas comme lui que S représente Philippe II comme *successeur*... De qui, s'il vous plaît ?... De Charles-Quint évidemment, puisque C est l'initiale de Charles, et que le V n'est point un V, mais le chiffre romain indiquant le nombre cinq ou quint. Comment ne se soummettrait-on pas à l'autorité de pareilles explications ! — Mais puisque maître Guinaud trouvait si bien les transpositions de son goût et s'en servait pour rendre avec art la pensée du poète-prophète, ne pourrions-nous pas aussi user de la même liberté et, au moyen d'une simple permutation de lettres, lire dans Guinaud-*Nigaud*, nom qui, à notre avis, convient à merveille à ce mécréant ?

Du reste, Guinaud ne devait pas être le seul homme séduit par le langage énigmatique de l'ermite de Salons. Sous Napoléon Ier, la manie de lire dans les ouvrages du passé ce qu'ils ne pouvaient en aucune façon contenir s'affirma dans des proportions étranges, et plusieurs voyants parurent sur la scène. Ne se trouva-t-il pas un énergumène assez entreprenant pour transformer Virgile en prophète? Le vers suivant de la quatrième églogue :

Magnus ab integro sæculorum nascitur ordo:
Un grand ordre naîtra dans le courant des siècles,

désignait clairement et sans la moindre équivoque l'établissement de l'*ordre de la légion-d'honneur*. Est-ce assez impertinent ? Et pourtant cette facilité de commentaire n'est rien à côté de la désinvolture d'esprit d'un plat valet de Bonaparte, je veux parler de Belland. Celui-ci va nous étonner par son esprit anagrammatique. Ouvrant Nostradamus à la page 170, édition d'Avignon, le quatrain suivant nous tombe sous les yeux ; c'est le vingtième de la ix° centurie :

> De nuict viendra par la forest de Reines,
> Deux pars voltorte Herne, la pierre blanche,
> Le moyne noir en gris dodans *Varennes,*
> Esleu cap, eaux tempête, feu, sang, tranche.

Il y a là dans cet absurde argot d'après Belland, la prédiction merveilleuse de l'arrestation de Louis XVI à Varennes. Vous serez bien désobligeant si vous ne voulez pas voir ce roi *dans le moyne noir,* et si vous objectez que Louis XVI n'était ni moine, ni noir, Belland, au moyen d'une adroite transposition de voyelles et de syllabes, trouvera dans ces mots les suivants : *le nommé roi.* L'héritier de Louis XV n'était alors roi que de nom. Poursuivons : *Deux pars* exprime sans ambages un couple royal, c'est-à-dire Marie-Antoinette et Louis XVI, et *voltorte* dérivant directement du latin signifie *via torta,* c'est-à-dire chemin détourné. C'est donc par un chemin détourné que le roi arrive à Varennes; mais une princesse l'accompagne, c'est son épouse. Tout cela se trouve encore dans le second hémistiche du second vers.

Est-ce que *Herne* par hasard, par suite d'une disposition particulière des lettres de ce mot, ne donne pas *Reine,* à moins que vous n'ayez le mauvais esprit de ne pas permettre le changement de l'*h* en *i* ? Mais ce n'est pas là le plus beau ! La *pierre blanche* désigne nettement la robe de mousseline blanche de la reine Marie-Antoinette !!! *Cause tempête* semble indiquer que la reine ayant froissé son vêtement, provoqua la colère de son royal époux. Mais pas du tout! ces mots, joints aux suivants, *feu, sang, tranche,* donnent à comprendre l'exécution des deux personnages obligés de payer de leur vie le crime inouï d'avoir hérité légitimement du trône de France. Vous seriez bien rétrogrades si vous vous permettiez de contredire Belland : c'est roide, mais il faut en passer par là.

En d'autres termes, ceci revient à dire :

Un sot trouve toujours un plus sot qui l'admire.

Depuis Simon-le-Magicien jusqu'à Mathieu de la Drôme, l'univers a été un vaste théâtre où une partie de la société a exploité l'autre. Nostradamus, à nos yeux, est un des coquins qui surent le mieux tirer parti de l'ignorance des masses populaires en leur jetant un appât grossier qui témoigne seulement de ce sentiment inné chez l'homme, que l'ordre naturel n'est que l'écorce d'un ordre supérieur et surnaturel.

Le niais Chavigny, de Beaune, contemporain de Nostradamus, fut l'âme damnée de ce devin, et recueillit avec un soin particulier toutes ses œuvres avec lesquelles il devait un jour s'assurer des revenus exceptionnels. Le *Janus français* parut en 1693, et cette originale interprétation de trois cent cinquante quatrains prophétiques, opéra une véritable révolution dans les esprits. Chacun voulut posséder le livre précieux que nous venons d'examiner et l'expliquer à sa façon. Depuis lors il n'est pas de faiseur d'almanachs qui ne s'inspire du prophète de Salons pour répandre quelque intérêt sur ses élucubrations. Il y a même en ce moment, semble-t-il une recrudescence qui incline certains esprits vers l'étude de Nostradamus, dont les obscures centuries sont un tissu d'aberrations qui, ne disant rien et ne pouvant rien dire, sont par le fait même une riche carrière livrée à l'exploitation de quelques imaginations dévoyées.

Quand on n'a rien de mieux à faire, ce peut être un passe-temps assez agréable que de prendre d'une main un recueil de folies où l'auteur a entassé ses vers pour occuper de lui après sa mort ou pour servir de jouet aux curieux à venir, et de l'autre main l'histoire, afin de la faire coïncider avec ces folles superstitions lancées au hasard et les convertir par ce moyen en prédictions accomplies. Ainsi pourrions-nous en agir nous-même à l'heure présente. — Sans un grand effort d'imagination nous pouvons faire lire dans Nostradamus l'histoire frappante du dictateur Gambetta. Prenons le 81e quatrain de la IIIe centurie, et nous avons sous les yeux la silhouette du tribun parvenu :

> Le grand criard sans honte audacieux,
> Sera esleu gouverneur de l'armée ;
> La hardiesse de son contencieux,
> Le pont rompu, cité de peur pasmée.

Qui ne voit là les faits et gestes du ministre improvisé ? *Le grand criard*, en retranchant l'*r* de *grand*, nous avons *Gan*, la première syllabe du mot Gambetta. Par euphémisme, Nostradamus remplace les deux dernières syllabes par un mot de la même mesure. Il nous peint l'homme avec plus de fidélité encore. Dans *criard*, en effet, nous trouvons l'avocat-ministre dont la phraséologie étourdissante a sa vivante expression dans le discours de Lille et la bruyante dépêche qui mettait Aurelles de Paladines au ban de l'Europe. *Sans honte audacieux*, peut-on désigner plus clairement l'impudent dictateur qui, sans connaissance aucune de l'art militaire, nous tombe un jour des nues ministre de la guerre? *Sera esleu gouverneur de l'armée.* Ce vers rappelle la scène scandaleuse à la suite de laquelle l'amiral Fourichon laissa la direction des armées au satrape venu de Paris *pour organiser la défaite. — La hardiesse de son contentieux* nous montre Gambetta compromettant notre résistance par des dépêches contradictoires et toutes fondées sur une pensée de despotisme sans exemple. Mais pourquoi nous indigner contre celui dont Nostradamus avait prédit la naissance? Ne fallait-il pas que la prophétie eût son accomplissement? Enfin le *pont rompu, cité de peurpasmée*, ces mots alignés sans art nous font lire sans hésitation le voyage de Gambetta sous Orléans, dont le pont avait été miné, et la frayeur de la ville de Jeanne d'Arc à la nouvelle que d'Aurelles, cédant aux instances intemtempives du *grand criard* battait en retraite pour laisser les Prussiens exercer de nouveau leurs exactions au milieu d'une population de *peur pasmée*, suivant le prophète, à la pensée d'une seconde occupation.

Jamais prédiction de Nostradamus ne se réalisa d'une manière plus manifeste, on en conviendra. Le malheur est qu'aucune date n'est assignée, et

qu'on pourrait me chercher noise sur ce point;
mais en rétorquant l'argument à mes contradicteurs,
je leur enlève tout contrôle sur ma manière de
commenter les vers (!) de notre sorcier. Les jongle-
ries d'esprit de cet homme sont la conséquence de
l'ignorance absolue où il se trouvait de l'avenir. Il
ne lui avait pas plus ouvert ses secrets qu'à cet
autre illuminé dont la soif de l'argent a enfanté les
triple almanach prophétique.

Nostradamus, excellent père d'ailleurs, ne se
contenta pas de léguer à son fils une fortune co-
lossale, produit scandaleux d'une supercherie de
plus de trente ans; il voulut encore lui transmettre
la clef de ses mystérieuses rêveries. Il lui donna ses
centuries à interpréter par ces mots qui terminent
la préface de son recueil cabalistique : *Faisant fin,
mon fils, pren donc ce don de ton père, Michel
Nostradamus, espérant toi déclarer une chacune
prophetie des quatrains cy-mys.*

César Nostradamus avait pu hériter du nom de
son père, mais la subtilité de son esprit n'atteignit
jamais les proportions de celui de son *progéniteur*
sur *ce que la divine essence par astronomiques révolutions lui avaient donné connaissance* (préface, p. 1).

De Thou rapporte que ce jeune imposteur, inter-
rogé un jour par Saint-Luc sur le sort qui attendait
Le Pousin, petite place assiégée, répondit sans hésitation : « Il périra par le feu. » Pendant que les
soldats pillaient les maisons, continue l'historien,
le fils du prophète y mit le feu en plusieurs endroits,
afin que sa prédiction fût un fait accompli. Mais
Saint-Luc, irrité de cette action, poussa le cheval

contre le jeune astrologue, qui en fut foulé aux pieds.

L'adage : tel père tel fils, sera toujours vrai!..

Entourez donc Nostradamus d'un cadre romanesque, de personnages mystérieux et passionnés, de ces paysages âpres et ardents de la Provence ; donnez-lui une jeunesse malheureuse, et vous parviendrez à vous représenter le vrai Nostradamus au XVIe siècle, je le vois d'ici dans son vaste fauteuil à bras, occupé à vider quelques coupes de nectar provençal, tandis que son œil sarcastique et rusé se promène malicieusement sur les cornues et les appareils astronomiques de son laboratoire.

De tout ce qu'on vient de lire, il faut conclure qu'il n'y a jamais rien eu de plus impertinent, rien de plus chimérique que l'astrologie judiciaire ou la science de Nostradamus. Jamais non plus on ne vit rien de plus ignominieux à la nature humaine, à la honte de laquelle il sera vrai de dire pourtant qu'il y a eu des hommes assez fourbes pour tromper les autres, sous prétexte de connaître les choses du ciel, de disposer de ses influences par des figures et par des paroles, et des dupes assez *simples* pour accepter des promesses dont la raison montre l'exécution être impossible.

Aux premiers convient le nom générique de *charlatans ;* aux seconds, la désignation spécifique d'*ignorants*.

FIN.

<hr>

MIRANDE,

Typ. Farré le Garé, imprimeur des Administrations de l'arrondissement.